てのひら なう

莉仔 しとらす
Lico Citrus

日本文学館

てのひら　なう　　もくじ

- やさしい存在 …………………… 6
- てのひら　なう ………………… 6
- 記念日 …………………………… 7
- 雨のせい ………………………… 7
- 笑顔 ……………………………… 8
- 爽やか …………………………… 8
- オレンジ ………………………… 8
- イルミネーション ……………… 9
- 順位 ……………………………… 9
- きみを見つける ………………… 10
- そのままで ……………………… 10
- 夏 ………………………………… 11
- ずるいボク ……………………… 11
- 空 ………………………………… 12
- ＠きみ …………………………… 12
- 神戸 ……………………………… 13
- 幸運 ……………………………… 13
- ひとりの部屋 …………………… 14
- 初雨 ……………………………… 15
- 価値 ……………………………… 16
- 記録と記憶 ……………………… 17
- 花見 ……………………………… 17
- 携帯お守り ……………………… 18
- 夏デート ………………………… 18
- 花火 ……………………………… 19
- 明日の空 ………………………… 19
- 流れ星 …………………………… 20
- 遠まわり ………………………… 20
- ためらい ………………………… 21
- 巡 ………………………………… 21
- ちいさな幸運 …………………… 22
- 印象 ……………………………… 22
- ランチタイムが終わる頃 ……… 23
- Hello Goodbye ………………… 24
- 親指 ……………………………… 25
- キミとボク ……………………… 26
- 理解 ……………………………… 27
- しあわせ ………………………… 27
- あたらしい景色 ………………… 28
- 校庭 ……………………………… 28
- 目覚め …………………………… 29
- 熱帯夜 …………………………… 29
- きみの笑顔 ……………………… 30
- どこかに ………………………… 30
- 地車祭 …………………………… 31
- きっかけ ………………………… 31
- みんなの中のきみ ……………… 32
- 卵パックのいいわけ …………… 33
- 夏祭り …………………………… 33
- アイスクリーム ………………… 34
- ゴール …………………………… 34
- かっこ悪いあいつ ……………… 35
- カレンダー ……………………… 36
- 答えのない世界 ………………… 36
- 花粉症 …………………………… 37
- 『だいじょうぶ』 ……………… 37
- 見送り …………………………… 38
- 吹奏楽部 ………………………… 38
- 感謝 ……………………………… 39
- 名も知らぬ存在 ………………… 39
- 不釣り合い ……………………… 40
- イルマーレ ……………………… 40

『おみやげ』……41
異文化……41
受講中……42
ドップラー効果……42
次へ……43
そんなあなたで……43
祖母の手紙……44
きみのそばに……44
生きてく……45
届く……45
スタンダード……46
手に入れること……47
食堂にて……48
風向き……48
侵入……49
Voice……49
学園祭……50
てんとうむし……50
しずく……51
LINE……51
スイミングプール……52
今日かぎり……52
海……53
きみの席……53
シミュレーション……54
おかえり……54
宇宙論……55
汽水域……56
スイカ……57
勇気……58
なぐさめ……58
ふたり乗り……59
魔法の言葉……59
図書館にて……60

特殊能力……61
婚前の誓い……62
夏の陽射し……63
風物詩……63
モスグリーンとの相性……64
返す言葉……64
かわいい……65
さくら……65
矛盾……66
故郷……66
ワンショット……67
Happy……67
アカヌケタ……68
余韻……69
同窓会：3月11日　あの日……70
同窓会：元気で……70
同窓会：ありがとう……71
同窓会：実現……71
同窓会：大富豪……72
同窓会：みんなで散歩……72
同窓会：別れ……72
同窓会：帰宅……73
同窓会：友よ……73
キミ宛ての言い訳……74
煮干し……74
余白……75
アンパン……75
サンタクロース……76
ポチ袋……76
あっ……77
予定外のHappy……77
雨の別れ……77
断捨離……78
ＴＥＡＭ……79

てのひら　なう

やさしい存在

「ぼくって　つまんないんだ」
「そうなんだ」

「気が弱くって」
「ふうん」

「意気地なしだし」
「私にはそうは見えないけれど」

なにを言っても　みとめてくれる
きみの存在はいつも
光の温度のように　やさしい

てのひら　なう

ひさしぶりに　定時終わりで待ちあわせ
ぼくを見つけた瞬間に
高くあがった　きみの右手
暮色に染まる　てのひら　なう

記念日

彼女と乗ったトロッコ列車
年上で気風のいい彼女
おでこをひらいて　はしゃぐ姿は　初めてだった
そんなところも　とっときたくて
残したあの日の乗車券

雨のせい

嫌いなふりして気にしてた
そんな子と二人　傘の中
会話は時々行き詰まる
両端の肩がしずくに濡れる
もっと寄ればいいのかな
腕でも組めばいいのかな
踏切の音　おりる遮断機　近づく警笛
キスでもしようか
雨のせいにして

笑顔

「あいたい」よりも「あいたいね」
「だいじょうぶ」よりも「だいじょうぶよ」
キミのさいごの一文字が
いつもボクを笑顔にさせる

爽やか

彼女が講習会で
アロマテラピーのルームスプレーを作ったそう
ボクのうでに　吹きかけて
においを嗅ぐよう　せかしてくる
柑橘系の　爽やかな香り
「やさしい気持ちになれるね」と
キミが笑うと　相乗効果

オレンジ

ふたりであるく　夕暮れ帰り
しずむ太陽を　あびる姿に
きみに似あう色を　発見する

イルミネーション

去年の学校帰りに
偶然彼と会った並木道に
今年もイルミネーションが灯った
引っ込み思案で
何も言えずにすごした一年だったけど
ツイッターでなら少し積極的になれる私
あの日と同じ光の写真をDMに添付して
私の気持ちも一緒に
ワンクリックで届くといいな

順位

大会前で　部活が長びき
期末テストもせまってて
帰宅後は　小遣い稼ぎのポスティング
それでも　履歴があれば　かけなおし
メールチェックも　欠かさない
いつだって　ぼくの中では
きみへの　好き　が　最優先

きみを見つける

部活に遅れる　きみを待つ
遅れたきみが　友だちと話す
遠くの席に　きみがすわる
私の視線はいつも
私を見ていない　きみを見つける

そのままで

「虹はね　消えるまでずっと
　見ているといいんだって」
はじめてのデートで
ふたりで見つけた　七色のアーチ
楽しいことを話さなきゃと
気持ちがあせってたんだけど
ゆっくり空に溶けてく色を
だまって見あげるきみの笑顔が
そのまんまでいいんだと
教えてくれてるような気がした

夏

ソフトクリームを
溶けないように
落とさないように
私の待つベンチまで
両手の白を　みつめながら
いそいで　運んできてくれる
そんな彼の姿が見れる　夏がすき

ずるいボク

クラスメイトとの会話を　盗み聞きして
きみの好きなバンドに　くわしくなって
話題を増やす努力をする
いつも
どんなに　気になってても
能動行動が　とれなくて
ニューアルバムの　おまけのステッカーを
ノートの表紙に貼りつけて
きみからの言葉を　期待する
平和的に　ずるいボク

空

地区予選で
レフトにかまえるキミを見つめに
外野側に　席をとった
多くは動かない
注目を浴びるプレイも少ない
それでも　最後の夏につかんだポジション
その背番号を　眩しい陽射しが浮き彫りにする
澄んだ音と　大きな歓声
空にとけたフライを追う
キミのまなざしを忘れない

＠きみ

『＠きみ』への僕のつぶやき
きみは返してくれたためしがないね
それがTwitterってもんだから　いいんだけども
……ある日　学食のむこうのはしで
iPhoneをみつめるきみを見かけた
『＠きみ』へ　　　おくってみた
画面を見るきみが　ほんの少し笑顔になった

神戸

神戸にいってきた
よく晴れていた
タクシーに乗ると
川沿いに　遊歩道が見えた
「あたらしそうな道だね」
「小さい子が川遊びしてるよ」
「ここは　いい環境だね」
17年前の出来事を
語る人はもう　いなかった

幸運

制服以外で　彼と会うのは
はじめてのことなのに
ブラウスの左のそでぐちの
落ちきれてない汚れに気づく
彼に　見つからないように
手首を死角にまわそうとすれば
自然と体が　寄り添う　幸運

ひとりの部屋

テレビ画面の言いつけどおり
　『帰宅を早めに』
　『外に出ぬよう』
ひとり　部屋にいる
風の　つよい日

すごい降りだね
そっちはどう？

期待したタイミングで鳴る着信音
そのたび　いちいち笑顔になる僕

声が聞けたら　楽しいかな
直接会えたら　なおいいな

かんじんなことは　文字にはできず
それでも　荒れた天候のおかげで
きみとのメールは　とぎれない

ガラスの振動で
窓枠の色紙が床に落ちる

きみに伝えるネタを手にして
ひっそり愉快な　ひとりの部屋

初雨

キミと出あって　初めての雨
インドアデートも　楽しくて
「じゃあね」と言って別れたあとも
しずくの向こうの傘の丸を
見失わないよう　追い続けてた
ときに起こる沈黙を
隠してくれてた雨音が
ひとりぼっちのボクを　とりかこむ
『素足にサンダルだったよな』
『冷たい思い　してないだろうか』
水たまりをはじき続ける　無数の粒
雨がふるほど　キミを気にする

価値

「枯れると一面　汚く見える」と
その花は　嫌われる

もし　その花が
数kgもの花びらを集めて
貴重なアロマオイルを
ほんの一滴　搾取する
その原料だったとしたら
どんなに　大量に繁殖しても
誰も苦情など　口にしないだろう

人は　人にとって
損になるか　得になるかで
自分たち以外の命の価値をはかる

花は　なんら悪気なく
ただ種を実らしているだけなのに

記録と記憶

なつかしい友と会う
同じアルバムに
同じ制服で並んで写る
なつかしい友と会う
たくさんのスナップ写真と
それと共に　よみがえる
付随する思い出たち
ひさしぶりの再会に
今日は　写真は撮らなかった
でも　笑顔の記憶が
またひとつ増えた

花見

彼女の越したマンションは
２階にエレベーターが止まらない
重い荷物を運びながら
どうしてこの階にしたのか聞くと
「窓の真ん前に桜が咲くの」
桜目線で選んだキミの部屋
今度　花見客として呼んでください

携帯お守り

『そんなに上を見なくても
　前を向いていれば
　一歩目は踏みだせるんだよ』
きみからのメッセージは
ここ内蔵の　お守りになってる

夏デート

夏の遊園地は　とにかく暑い
ソフトクリームは溶けだすし
乗り物の列に並ぶのも暑い
ようやく日陰を見つけ出し
ベンチに座ると　彼女が言った
「そう言えば
　たしか　こんな歌があったね
　『暑いね』と話しかければ『暑いね』と
　答える人のいる暑苦しさ」
微妙に違う気もするけど
笑顔って
空気をいつも　適温にするね

花火

夏合宿の最終日に
砂浜に全員集合して
花火の残りを打ち上げた
煙と音が舞う青空を
この顔ぶれでの活動の
最後をかみしめながら　無言で見上げる
それぞれのメンバーに
この先おとずれる
引退・就活・卒業式
すべてがスタートだってことを
火薬のにおいが教えてくれる

明日の空

カウンターにすわり　見上げると
青い空を横切る　飛行機雲　一線
そして　ジェットスキーが
海面に　白い帯を描いてる
目の前に広がる　夏の黄金ストライプ
そんなコントラストをながめていると
明日の天気も忘れてしまう

流れ星

夏合宿最終日は毎年恒例
内輪の花火大会あり
そして今年は卒業学年ゆえ
最終の合宿となる
はじけたパラシュートを追いかける夜の砂浜
波の音
最後の夏も　いつもの暑い夏だった
煙ごしの見慣れた笑顔たちの中
流れ星のようなラインで落ちる
線香花火の赤い玉

遠まわり

遠まわりは
大切なものを見つけるための経験
無駄なものなど
これっぽちもない

ためらい

『友』 として
くれる笑顔を　失えず
きみ宛ての
メールで　あふれる
未送信ボックス

巡

助手席の彼女に伝えたいこと
思い出の一曲をBGMに
二人の将来のことなどを
カーステのCDが一巡し
二巡をし…
それでもうまく切り出せなくて
彼女の自宅が近づいて
ラストの巡りに合わせるように
アクセルを
ソフトに踏んでみたりする

ちいさな幸運

いつもクジ運が良くなくて
サークルメンバーで移動の際は
運転手役に　当たってしまう
助手席はナビ役のダチで
キミは　詰めあわされた仲間にまぎれ
３列目の中央席
会話を飛ばすにもムリがある
振りかえるのは危険だし
肩ごしに聞こえるキミの笑い声
そして
追い越し車線に移る瞬間
ルームミラーで　キミと目が合う

印象

文化祭模擬店の　輪なげで
持ち分全部を　はずして
両手で口を　おおいながら
男仲間と　笑ってる
きみの印象が
明るく変わった時間

ランチタイムが終わる頃

ひとりのときはカーステで
バンド曲しか　かけなかったけど

きみが
いろんなジャンルのCDを持ち込んで
車内の時間が
たのしく流れはじめたよ

『午後のパレード』が　かかると
赤信号に　ひっかからない

『今夜はブギー・バック』では
かならず　道に迷った

『ランチタイムが終わる頃』
となりを見たら　きみも
おなじタイミングで
おなじサイズの　あくびをしてたね

Hello Goodbye

中学生のころ
ビートルズに夢中な友だちがいて
彼女の影響で
いろんな曲を　聴いていた

あれから
時間　月日　年月がすぎて
思うようにいかなかったことも
たくさんあったけれど

今
CMのメロディで
素直に　笑顔になれる
なつかしさという　かわいいものに
そこそこ　すくわれる　自分がいる

親指

携帯の最後のメール
手紙なら　インクの香や紙の質感で
伝わるものもあっただろう
こんな温度のないもので
気持ちを交わしてた
かつては
あのロゼッタ・ストーンやルーン石碑の
全霊で何かを刻み　伝えた時代も
あったろうに……
そんなことを考えながら
親指ひとつで消し去る思い

キミとボク

急速に引かれて接近し合う
磁石のような男女がいる
そしていつしか磁力は弱まって
あっさりポロリと離れ
あとは冷たい石同士になる関係

対して
地球と月のように
近づきすぎない距離を保ちながら
それでも離れることはなく
ゆるい力で引き合って
ずっとそばに居続ける

キミとボクとの関係は
まるでそれだね

理解

「４アウトを生で観るとは思わなかった
　　あんなの
　　"ドカベン"でしか　読んだことない」
友だちとの観戦帰り
興奮ぎみに　私に話す
「なにそれ？」
と聞くと
高テンションのまま
「……あそこで
　　アウトをアピールせなあかんかったのに
　　そのまま　あっちへ投げちゃったから……」
と　いっしょうけんめい説明をする
あいまいに　うなずきながら
きみが　野球が大好き　ってことだけは
理解ができた

しあわせ

「そのチェックのシャツ
　　３年前から着てるよね」
と
笑ってくれる人がいる　しあわせ

あたらしい景色

最近たくさんのあたらしい景色に気づく
こんなところに　大きな看板が立ってた
高架を上がると　向こうに海が見える
中央分離帯って
いろんな広告が貼ってるな
……どうしてだろう
そうか
きみが　もう
助手席に　いないからだ

校庭

生徒会の会議で遅くなり
帰りがけに　校庭を見る
外周ランニング中で
そこには　だれもいない
鉄棒に無造作にかけられた
青いスポーツタオルで
きみの存在を　確認する

目覚め

『目覚めて最初に見たものを好きになる』
妖精から媚薬を塗られた人のように
見つけたキミに恋をした
……緑色がすき……ファンのバンド……
そしてキミの『好き』を知り
……セロリが苦手……煙草の匂い……
『嫌い』も知る
これ程キミをわかったら
たとえ魔法がとけても
キミを好きでいられると思う

熱帯夜

寝苦しい　熱帯夜には
汗をちらしてボールを追う
あの試合のきみが
夢の中を走る
サービスからアウトまで
1ゲームの一部始終を
みつめていた自分に
今さら　気づく

きみの笑顔

教室で盛りあがってる
今夜は
きみの好きなバンドの
コンサートなんだね
終業チャイムを待ちかまえ
友だちと駆け出していった
なんだかよく　わからないけど
手元にある
きみの笑顔を　見おくる　さみしさ

どこかに

いつか思い出になるであろう
たわいない時間を　ふりむくと
なぜか　きみの存在は
心のどこかに　ひっかかる

地車祭

カンカン場に
紅白幕がさがる季節になった
見なれた地元の路地をも
車輪をきしませながら
山車をやりまわす
鳴り物旋律の中
綱元で汗をちらす　あんたを見てきた
そして胸当に地下足袋をはく　小さな息子
今年も
あたしの男たちの走る姿が見れる
つきぬけるような
秋晴れの空の下

きっかけ

携帯の反射で　キミに気づいた
キミの声に　ふり返った
キミの香りに　心がうごいた
ぼくらのきっかけはいつも
形がない

みんなの中のきみ

ひさしぶりに
卒業アルバムを開いた

あれから５ヶ月
どのページも
きみの笑顔は
みんなの中にあって
僕は　その笑顔にふれられる
一員のままで　ありたかった

いまもこうして　あの頃のまま
みんなの中の　きみを見る
そしてみんなが　それぞれに
あたらしい場所へと進み
僕たちは
みんなの中に　いなくなった

いなくなったきみは　どうしたんだろう
そんなことを　思いながら
寄せ書きのページの
きみの文字だけを　なぞる指

卵パックのいいわけ

「ミートボールがすき」
彼がつぶやいた
つき動かされるように　ミンチ肉を買って
ひとり作ってみた
あとで
卵パックに入れて振ると　おいしくなると知り
卵を買うたび　パックを残した
台所のすみに積まれる　かさばる透明の山
彼に見つかったときのいいわけを
考えるのも楽しかった

夏祭り

夏祭り
キミとすごした笑顔の一日
１年後の日付はきっと
今日とは曜日が違うけど
2013年8月17日も
新しいシチュエーションに出合って
またふたり　笑顔ですごせてるといいな

アイスクリーム

「好きなんですね」と言われて驚いた
駅前に夏だけできるアイスの店で
いつも同じ味を注文する僕に
そう笑いかけた
甘いものが苦手なのに
本当の目的を伝えるきっかけを
見つけられなかった
今年も店はできた
そしてキミじゃない人が
ラムレーズンのアイスクリームを売ってる

ゴール

行きたかった会社への
就職が決まったという　同級生の彼に
「夢が叶うって　どんな感じ？」
ときくと
「目標が　通過点に変わることだよ」
と答えた
追っても追ってもすこしずつ
前へと動いていくゴールは
なんだか彼の　背中とダブった

かっこ悪いあいつ

長く　付きあっていると
あいつのどこを好きになったのか
その記憶部分が
薄らいできたりする
そばにいるのが日常
会っているのがあたりまえ
そうして
見栄えの装いが　はずされて
電車の乗り継ぎに迷ったり
自販機下にコインを落としたり
かっこ悪さも見せられて
そんなことがまた
わたしの中に
あいつを　つなぎとめていく

カレンダー

カレンダーをめくり忘れてた
七夕イラストと31個の数字たち
笑顔の日も
沈んだ日も
ちぎってしまえば　ただの紙切れ
まるで映画チケットの半券みたい
先月は湿った日付が少なかった分
丸めた数字の球は　やさしい弧を描いて
くずかごの中に落ちていった

答えのない世界

答えの見えない世界で
前を向いているあなたは
かっこいいですね

花粉症

桜がたくさん咲いてきた
花粉症に悩むボクだけど
はじめての二人の春に
彼女をさそって花見に行くことにした
花の下　マスク姿で待ってると
現われた彼女もマスク姿
花びらを浴びて桜並木を歩きながら
隣で彼女がつぶやいた
　「これじゃあキスもできないね」

『だいじょうぶ』

卒業論文も進まない中
内定通知もなかなか届かず
うつむく時間ばかりが
過ぎていたけど
駅に降りて　ふと見上げて
正面にきた　立ちのぼる可視光線に
『だいじょうぶ』の
きっかけを　おぼえた

見送り

はじめての一人暮らしに
見送りの段になっても母と姉は
貴重品管理や　食生活のことを
口やかましく言う
ひきかえ父は　そのうしろで
荷物を両手に
たたずんでいる
発車のベルでドアが閉まる
　「元気で」と　笑顔で手をふる母と姉
おくれて上がる　父の手のひら

吹奏楽部

「吹奏楽部に入ったよ」
演奏会　音痴の私は
彼の動作と共に響く音を追った
おかげで　彼が奏でるメロディは
どんな曲の調べからも
選びとれるようになった
制服時代の恋は過ぎたけれど
クラシックコンサートに行くと
私の中ではいつも
オーボエの音色が主旋律になっている

感謝

バンパーをこすって落ち込んだ
でも　好きなバンドのコンサートなので
彼を隣に　そのまま会場に向かった
駐車場に到着
満車状態をさまようと
1台分の空きに遭遇できた
「身を削れば良いこともある」
と笑う彼
車のキズと引き替えの　幸運に感謝
それを伝えてくれた　あなたにも

名も知らぬ存在

「花の名前はわからない」
と言いながら
「あそこのピンク色のはかわいい」
とか言ってる
そうだよね
すこし前まではキミも
ぼくにとっては
名前も知らない存在だったんだ

不釣り合い

私のほうが年上で
私のほうが背が高く
私のほうが収入が多い
ここんとこ　そんなことばかり気にしてた
「離れたいの？」
「そうじゃないけど……」
「じゃあ不釣り合いを探すのは　いったん休憩して
　今日からは　一緒にいたい理由を想ってみたら？」
……君のそういうところが　その理由

イルマーレ

お気に入りは　『イルマーレ』
女性がプラットホームに忘れた録音機を
駆けつけた男性が何気に聴いてみるシーンが好き　と言った
初めてその映画を観た
ボクも好きになったよ
あのシーンを　素敵と感じるキミのこと

『おみやげ』

「旅行に行ってきた」
と　彼が小さな包みをくれた
中身は　携帯ストラップ
その包みには　どういうわけか
『おみやげ』
とのメモが　貼られてある
渡し忘れないようにらしいが
彼の直筆文字をもらうのは
初めてのような気がして……
達筆とは呼びにくい　そのメモの
端っこのシワも
のばしてみたりなんかする

異文化

卒業旅行で
母ほどの年の人にチップを渡したことが
はじめての
異文化とのふれあいだった

受講中

栄養指導論の授業では
講師の先生が常に
 「知識を入れるだけではなく
　実践に向けて
　誰かに伝えている図を　想定しながら
　受講してください」
と言う
そんなわけで　イメージする
むかい側の席にはいつも　彼がいる

ドップラー効果

彼女と出会い
近づきたくて　胸が高鳴り
そばにいた一瞬が過ぎると
テンションが下がり
そして遠ざかる
まるで
ドップラー効果のような
心境の変化

次へ

落ちこみながらも
次のシーンの自分のために
動きだせる　きみは
かっこいいよ

そんなあなたで

両家初の会食にて
粗相ないよう　料理を口に運ぶ
結納だの　式の日取りだの
親たちの会話が堅苦しい
ふと彼を見ると
ひとり自分のペースで箸を進め
締めのたくあんを　いち早くかじって
コリコリ　音を響かせる
空気に鈍感な姿にホッとさせられ
改めて
そんなあなたでよかったと思う

祖母の手紙

祖母から手紙が届きました
連絡はメールで受けるが　一般となってましたが
"元気で"
の　筆圧弱い文字を前に
かつて　アカデミー賞で
『Departures』の英題発表で沸いた若者団に対し
続く『Japan』で　ようやく喜んだ
滝田監督のご両親の姿が浮かび
胸が　熱くなりました

きみのそばに

『応援してるね』
そばにいることを知らせるために
なんの役にもたたない言葉を
きみに伝えたがる心

生きてく

なにか　ちがう
そう気づくと　ふと
リセットしたくなる
リターンしたくなる
ってのが　人生履歴
そのタイミングで
見栄えのために
着飾っていたものを
こだわってた未練もろとも
とっぱらえば
いつだって
リスタートできる
生きてくって
そういうこと

届く

待つことは
ひとを強くする
強くなった思いは
いつかは　届く

スタンダード

LINE上の文字を
意思疎通の
スタンダードとしてきたことで
たまに会えても
いつまでも
沈黙の不安がぬぐえない
脳裏には常に
無意味な単語が羅列され
会話に進めず
笑顔でつなぐ
　『こういうのは
　　ピュアとは呼ばないよなぁ』
自覚はあっても
断ち切る度胸はなく
今日も
迷えるままに
文字を打ち込む

手に入れること

聴きたくて買ったCDが　封をきらずに置いてある
読みたくて買った本が　机のわきに山積みになってる
メッシュをいれるつもりだったヘアブリーチが
箱入りのままで　棚にある

手に入れるって　なんだろう

自分のものになる　ってことは　日常の
いそがしい時間
かんがえる時間
かなしむ時間
しずかな時間
そんな当たり前のサイクルの中にそれが加わるってことで

おっくうさも
もれなく　付いてくる

興味を持って　そして　欲しがった
そんな　ときめく時間そのものが　楽しかったのかも
そばに居続けて欲しかったのとは　少し違ったのかも

心が凪ぐと　必要度が見える

安心感は　時に残酷

食堂にて

ある食堂にて
老夫婦が
エビフライ定食とハンバーグ定食を注文した
女性は
置かれた割り箸の　袋を
丁寧に折り紙した
そうしてエビフライ一本とハンバーグ一切れを
お互いの皿に載せあった
私も定食がよかったかな　と眺めつつ
運ばれたオムライスに
スプーンを動かした

風向き

ひさしぶりに
自転車に乗った
アップダウンでは
向かい風のほうが
ここちよく　こぎ出せるもんだね

侵入

家電売り場の　マイナスイオン発生器
前で　つと心地よく　立ちどまるキミ
「なにか感じる?」
「感じる気がする」
目に見えない
感触もない
そんなものがキミを笑顔にする
ボクの想いも微粒子になって
キミに忍びこんだなら……
キミは笑ってくれるかな
少しは立ちどまってくれるかな

Voice

外は夏色
われんばかりの蝉時雨
まとめて聴けば　雑soundだけど
ひとつひとつは
精いっぱい生きてる
命のvoiceなんだよね

学園祭

学園祭の出し物で
主役に抜擢されたキミを
舞台裏から見送る
ライトの下へと進みゆく
引っ込み思案だったはずのキミは
背筋を伸ばして凛としていた
キミはボクが気づかないうちに
新しいキミになっていたんだね
まるで
花が咲くそのひそやかな瞬間のように

てんとうむし

てんとうむしを見つけると
アブラナと同じ背丈だった頃を思い出す
茎の下側から
ちまちま　頂点に登りつめ
ぱっと羽をひろげて飛びたつ瞬間
相変わらず視線は
あの頃と同じベクトルを追う

しずく

雨のドライヴ
窓を這う水滴
うしろへうしろへ
みんなうしろへ　向かっていくのに
時おり窓わくで
ぶよぶよ震えてるだけのが現れる
どんなとこにも
不器用なのっているんだね
でもそいつもまた
少しずつ小さく割れて
また　うしろへ散っていく
不器用なりに　流れに乗ったよう

LINE

お互い学校が離れて
それぞれのことで忙しくて
ひさしぶりに　ようやく
二人で過ごせた週末
帰宅してからの
たわいない　LINEトークの　さ中
来週も　そばにいるための
接続詞を　探してる

スイミングプール

「温水だから大丈夫なんでしょ？」
インストラクターをしてる彼に言うと
水着での更衣室は
この季節寒いんだと笑った
曇りガラスごし
終了ホイッスルを吹く彼を待つ
わずか波を残す水面を見ていると
「ほら冷えてるだろ」って
後ろから頬を触られた
ほんの少し　カルキのにおいがした

今日かぎり

日々　星基準で暮らす彼は
こんな日にも
望遠鏡の手入れに余念がない
　「誕生日の埋め合わせはするよ
　　流星群は今日かぎりなんだ」
それは今日の私とて　同じこと

海

海辺で育ったキミは
「漁船がないと海じゃない」
と言う
網からこぼれた小魚の
ピチャピチャはねる音
乾燥しすぎた海草を踏みながら
粘度の高い潮風をあびる
そんなのが海だと言う
……その景色に　新しい１ページはあるのかな
僕も加わっていいかな
アイスバーでもかじりながら

きみの席

今年も同じクラスになって
気さくに何でも話ができて
あたりまえのようにそこにいた
でも
「あの子　法事でお休みだよ」
そんなイレギュラーな出来事で
本音を意識させられる
ふりかえると　そこにある
きみの空席の存在感

シミュレーション

週末の待ちあわせ
電車とバスを逆算して
家を出る時間を決めて
もっとさかのぼって
起きる時間も決めて
早く到着したら
彼の来る方向も予測して
むしろ反対を向いて　待ってたりなんかして
……そんなシミュレーションのときの笑顔を
彼の前でもできるといいな

おかえり

卒業以来　3年ぶり
彼の勤務地が　ようやくまた　こちらになる
かかわる形が　かわるだけで
気持ちの密度は　同じなんだけど
やっぱり　そばで過ごす時間が
増えるのは　嬉しい
入場券を手に　ホームのベンチで待つ
キミをたぐりよせるように
何度もまわる案内表示機の
パタパタの音すら　心地いい

宇宙論

小さい頃から　宇宙の果てを　考えてた
はてしないことが　不思議だった
アインシュタインの
難しい理論を学んだけど
果ての結論は　ぼやけていた
ある日
同じ　天文部の彼女を隣に
夜空を見あげた
彼女がつぶやいた
「宇宙の端って　どこなんだろうね」
そうか
キミにつながっていたんだね

汽水域

7月4日曇り
頭のハゲた父と　河口に行った
そこは淡水と海水が混じるところで
汽水域という
とりわけ淀んだところを指して
父は言った
「お前は人見知りやから
　あそこみたいにな
　最初から交じろうとせんでええ
　ちょっとずつでええ」
……日記を見返して思った
「頭のハゲた」は余計だった

スイカ

スイカが苦手で食べられない
見た目はかわいいのに
食べてみると口に合わない
小さくしても　塩をかけても
無理はムリ
　「夏を一割　損してる
　　いつか克服したいよ」
つぶやく私に彼は
「努力目標があるのはトクなことだよ」
と言う
……そう言えば
彼ってスイカの逆バージョン

勇気

来月の彼のバースデーに
何をしようか迷ってる
プレゼントは準備しようか
二人の関係の程度が不確かで
ためらいながらも選ぶ品は
鞄に収まるのがいいかしら
いやポケットに入るほうがさりげないカモと
どんどんサイズは小さくなって……
まるで勇気の大きさと
相関してるみたいです

なぐさめ

高蛋白・低カーボ
そんな極寒地の食生活を
『ダイエット』と称して続け
そして不成功に彼は悩んでいる

四季のあるこの国では
外気温が変化するときには
リバウンドが起きやすいのよ
大丈夫
あなたのせいでは　ないですよ

ふたり乗り

中央道を走っていると
たまたま
男女のふたり乗り自転車2台と
次々すれ違った
前をこぐ男子
後ろに乗る女子
前をこぐ男子は
どちらも　いっしょうけんめい
後ろの女子は
どちらも　にこにこ笑ってた

魔法の言葉

ゆううつな雨の朝
夏休みの補習出席は必須だけど
赤点のリカバーで　レポート提出もあるけれど
天候のせいか　気分のせいか
ベッドの上でうずくまり
どうにも事が進まない
なのに　携帯画面に見る
『ヒマしてるなら　会いたいな』
キミの希望を　叶えるためなら
瞬時に起きだす　不思議なボク

図書館にて

おいこみの夏が来た
「いっしょに勉強しようか」と
エアコン完備で　物音のすくない
図書館へと　ふたりで出向いた
向かいの席で　偏微分を解くきみが
開いた資料ごしに　目に入る
ペンケース　新しくしたんだな
勉強のときは　腕時計　はずすんだ
眉をこすると　考え中
……結局
世界史の年号は　記憶に残らず
きみに関する知識ばかり増える

特殊能力

カフェテリアのカウンターで
次の講義まで　時間つぶしをしていると
一つ席を空けた隣に
思いを寄せる先輩が座った
先方は　知るはずもなく
ガン見　する勇気も　もちろんない
顔は正面向きのまま
ひそかに様子を探ってみた
バーガーではなく　照り焼きチキンだ
コーラかと思えば
ミルクを入れたから　アイスコーヒー
メールの相手は　彼女かしら
……こんなとき　わたしの視野は
草食動物なみに　広くなる

婚前の誓い

彼女の車で婚前ドライブ
なのに
ひと気ない山道でエンストに

携帯での車屋さんご指導のもと
もよりの人家まで押してくことになった

でも
前途多難な予感の僕の横
「これが力を合わせて生きるってことなのね」
なんて
ひとごとのように笑うきみが　おかしかった

夏の陽射し

夏休みに入り
教室で会えないきみを
グラウンドで見つける
汗を光らせてボールを追い
休憩の合図とともに
水道に向かって競ってかけだす
蛇口にかがんで直接水をあび
再び立ち上がったとき
笑顔の前に　したたるしずくに
ありえないほど
夏の陽射しが乱反射

風物詩

「僕の部屋から　この時期
　夕陽にかさなって
　ゲートタワービルが
　燃えてるように見えるんだ
　よかったら……」
no reasonな誘いが苦手なあなた
そんな風物詩があって　よかったね
おたがいにとって……

モスグリーンとの相性

学校では制服か
部活のユニフォームで過ごす日々
あまりの持ち服の少なさに
ひさしぶりにひとり
サマーバーゲンに出かけた
ふと気づけば　オレンジや
パープルカラーばかり手にしてる
基準となっているものは
唯一　校外学習のときに見た
私服の彼の　シャツの色

返す言葉

「そのしゃべりかた
　なんとかしろよ」
同級生の輪の雑談で
あいつの心が
来ない理由を知る
涙があふれそうなのに
返す言葉は
「ン　もう」
で　しかない

かわいい

あこがれの先輩と
サークルのボックスで雑談をする
「食事に行くとしたら
　なにが食べたい系？」
先輩の　なにげない質問
肉体労働の父と
運動部の兄に　もまれて育った私
焼き肉
唐揚げ
豚キムチ……
かわいい子だと　思われたいのに
かわいいメニューが　浮かんでこない

さくら

すきな花を聞かれ
さくら
と答えた　きみがすき

矛盾

100億人の中にいても
すぐに
きみを見つけだせる自信がある
でも
たった1人いる
目の前のきみを
時に見失ったりする

故郷

迷って捨てた故郷に
また迷って戻ってきた
石川啄木がうたう画のような
地元なまりがひびく各停駅
靴すら新しくできぬまま
見なれた家路を歩く
庭で花をいじりながら
「おかえり」と
背中で呟く母
玄関の暖簾はあの日のままで
台所の食卓には
好物の手羽先が
揚げたてで置かれてあった

ワンショット

長期休みは地元に集合が恒例で
今年は海辺で炭おこし
ひときわ目がいく日焼け面
変わらない想いで会う変わらない笑顔
あだ名で呼び合う輪は崩せない
だから静かに焼きつける
彼が主役のワンショット
「焼けたよ」
の女性陣の声をスルーして
彼がたてた
いちばん高い水しぶき

Happy

きのうの水筒のお茶が　まだ冷たい

小さなHappyが味わえた

アカヌケタ

最近
「アカヌケタ」
と言われる
ネクタイのしめ方もうまくなり
iPhoneも使いこなし
夜に行く店も増えた
そんな日々の中
財布に並ぶ新札を見るとふと
地元をはなれる前の日に
父が黙って
作業着のポケットからさしだした
皺くちゃの五千円札が
心のすみに　しみてくる

余韻

二人で観た映画がリバイバル
あの日
ポップコーンをキャラメル味にしたから
感動シーンに甘すぎる香りが滑稽で
それでも涙を流してた
光を映す横顔を見てたから
結末を見逃してしまってた
やっとストーリーを知り　ひとり
君の涙と同じ余韻に浸る
エンドロールがすぎていっても

同窓会：3月11日　あの日

「帰ってきたら部屋ぐちゃぐちゃで
　今　立ってしゃべってんねん」
それでも言葉を失わず
20年ぶりに電話をくれた友
変わってない

同窓会：元気で

15時間がかりの帰宅をはたした友人が
電話を切るとき
「そっちも元気でな」
と言った
今までの人生で　これほど強く
『元気でいよう』と
心に誓ったことはなかった

同窓会：ありがとう

被災した友人のうち
今日　一人の声が聞けた
当初　事態がわからずに
関西から送ったメールを
「お前ひとり
　呑気なメール送ってきやがって」
と笑われた
そのツッコミが　なつかしすぎて
ただただ　笑った

同窓会：実現

２年がかりの企画だった
３月12日の同窓会
そして　あの日の訪れ
その後　男性陣が立ち上がり
総力を結集して
３ヶ月間でリベンジ同窓会を
実現させてくれた
20年ぶりの集合劇
　……３ヶ月で準備できるんやんけ

同窓会：大富豪

当時もりあがったカードゲーム
共通して話せる思い出たち
昔のことも大切
笑い合える今も大切

同窓会：みんなで散歩

日が沈み　みんなで出かけたホタル狩り
小さな光に向ける指先
暗やみの中を伝わる笑顔
ホタルの数だけHappyいっぱい

同窓会：別れ

待ち遠しかった　20年ぶりの同窓会にも
名残惜しく　別れの時はくる
改札口を出たところで　じゃあねと手をふり
それぞれの　行き先に向けて歩きだした
学生時代の4年間
ずっと一緒に遊んでたから
明日もまた　たやすく会えるかのように

同窓会：帰宅

同窓会幹事から
最後となる一斉送信
それに対し
今までは
受信のみでとどまっていたそれぞれが
全体返信で言葉を送る
鳴りつづく
着信音に泣けてきた

同窓会：友よ

同窓会に欠席だった友人から
メールが届いた
送った土産のお礼
近況
再会への思いが
懐かしい空気感で書きつらねてあった
友よ
改行ぐらいしようぜ

キミ宛ての言い訳

「今どき万年筆なんてね」
そう言って　はにかみながら
合格祝いと手渡してくれた
濃紺色ボディのペン
メールも上手く打てず　電話も苦手な
決して今どきではないボクにとって
下宿先からキミ宛ての手紙を書く
いい言い訳になって　うれしい

煮干し

長い同居生活で　奴の面倒さが鼻につく
でも煮干しや昆布だって
すぐ取り出せば旨みだけど
長時間漬け込んでると
臭みも出てくるもの
長く入り浸ってたことで
それが気づく形で現われただけ
本来の姿が変わったんじゃなくて
元々そこにあったのなら
それはそれで仕方がない

余白

出生届は14日以内に提出とのこと
目前の用紙にある
長い「　　　　」の空欄
ここに書き入れることで
あなたはこの名と共に生き始める
不慣れなインクで書き入れた
余白の方が多くできた
そこは
あなたがこれから
うめていくんだね

アンパン

いつもカバンに
餡入りパンを入れてる彼女
　「パンの弾性と餡の粘度のバランスがいいから
　　　いちばん　半分コしやすいパンなんだよ
　　『アンパン相性比率』っていうの」
そんな率のことはよく知らないけど
そう言って渡された半分のパンは
とてもあったかい味がした

サンタクロース

幼い頃の家には
マキで沸かすお風呂があって
短い煙突がついていた
小さい私は
枕元にプレゼントが届くたび
体を細くして煙突を抜けてきてくれた
サンタさんの姿を想像した
あのころ想っていたサンタクロースが
今も私の中のサンタクロース

ポチ袋

文具店で老夫婦が　ポチ袋を選んでた
「最近の流行りの絵はわからんなぁ」
と言いながら
いろいろ手にしてはまた置いて
ふたりとも
にこにこしながら迷ってた

あっ

助手席のキミが「あっ、お城」と指さした
指さす先より指さしたキミに「あっ」をわけてもらいます

予定外のHappy

あしたは　降らないとおもってた雨が降るみたい
予定外の出来事は　Happyに受けとめたい

雨の別れ

僕の別れに雨はつきもの
知ってたはずが
思い出の公園を最後の場所に選んだ
傘からしたたる雫ごしに
とりとめない話で
せめてもの温もり作りに
力を尽くす
くだらないことに腹をたて
今日を迎えたこと
君は悔やんでないのかな
何も言わずにそっと手をおく
君の髪は今も冷たい

断捨離

いろんなことに　こだわって
部屋中　物であふれて
面倒だけど
捨てる決意をした
一つ目……二つ目……三つ目まで
勇気を持って　手ばなすと
あとは　だんだんノッてきた
徐々に見えてくる
たくさんの空間が　新鮮で
これまで
大切だったような気がしてたものが
あっさり
ノーマルポジションに　格下げされたりなんかして
新しい視線なんて
すべて自分が決めること
そして　ほんとうの大切は　ぶれない

TEAM

自分が生まれ　育った家族
自分が生み　育てた家族
わたしは
産んだ　わが子を
育てたような気がしていたけど
結局　わが子に
育てられた部分も多い
命を養うことは生きた年齢がからむけど
魂を育てることは
決して　年功序列ではないよう
いずれ　わが子にも　出会いがあって
それはまた
わたしにとっても　出会いとなる
新しく　わたしたちとつながってくれた
その出会いに　感謝をし
そして　その　つながりの輪の中にいる
ひとりひとりを　はぐくむための
かけがえない
チームで　ありたい

著者プロフィール

莉仔 しとらす
  りこ

1967年生まれ。
和歌山県出身。
小説『唯一色（ゆいいつしょく）』を2011年日本文学館より刊行。
本書は"きみがほしい温もりを今届けたい"をテーマに、ネット上で公開してきた作品を詩集としてまとめたもの。
日本アロマ環境協会認定インストラクター兼セラピストと、メンタル心理カウンセラーの資格を有し、主に障がい児とそのご家族を対象としたアロマテラピーサロンを開業。並行して執筆活動にも取り組んでいる。

てのひら なう

2013年6月1日　初版第1刷発行

- 著　者　莉仔 しとらす
- 発行者　米本 守
- 発行所　株式会社日本文学館
　　　　〒160-0022
　　　　東京都新宿区新宿5-3-15
　　　　電話 03-4560-9700（販）Fax 03-4560-9701
　　　　E-mail order@nihonbungakukan.co.jp
- 印刷所　株式会社平河工業社

©Lico Citrus 2013 Printed in Japan
乱丁本・落丁本はお手数ですが小社宛にお送りください。
送料小社負担にてお取り替えいたします。
ISBN978-4-7765-3550-8